留 住 故 事

LA STORIA DE

I Promessi Sposi

文
景

———

Horizon

约婚夫妇
的故事

［意大利］翁贝托·埃科 讲述
Umberto Eco

［意大利］马可·罗兰采蒂 插图
Marco Lorenzetti

文铮 译

上海人民出版社

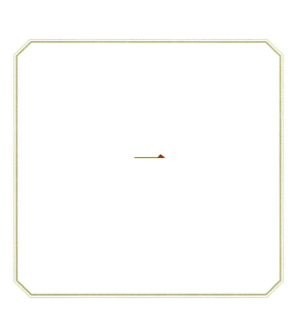

在很久以前……

"有一位国王！"那些读惯了童话故事的读者会马上接着我的话头说下去。

拜托！你们说的那是《匹诺曹历险记》的开头，那是一部非常精彩的童话，而我们现在要讲的则是一个差不多真实的故事。我说"差不多"，因为写这个故事的人，亚历山德罗·曼佐尼先生，是二百多年前米兰的一位显赫人物，他长着一张漂亮的马脸，看上去有些忧郁，就是这个人，执着地在一堆距今至少有四百年的烂纸里发现了这个故事，也就是说，这个故事大约发生在一六几几年。

好吧，让我们从头再来。没错，这个故事说的也是在很久以前有一位国王，他是西班牙的国王，但是在我们这个故事里他根本没有近距离地出现过。然而，故事里却有一位胆

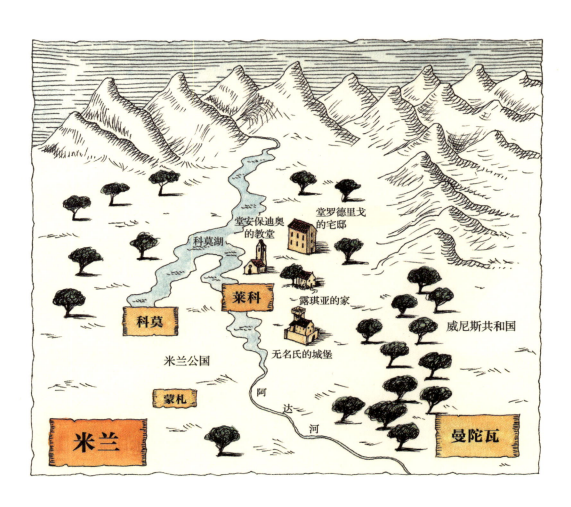

堂安保迪奥
的教堂

堂罗德里戈
的宅邸

科莫湖

莱科

露琪亚的家

科莫

威尼斯共和国

无名氏的城堡

米兰公国

蒙札

阿

达

河

米兰

曼陀瓦

小的本堂神父，胆小到连听见百叶窗被风吹动的声音，他都会吓得尿裤子（请原谅我用这么粗俗的字眼来形容神父，你们自己可千万别这么说，我这么说是因为我们这位本堂神父的确能被吓成那副样子）。

或许你们会说，这怎么可能呢？一位神父不是应该严守《福音》的律条，善良、慷慨而又勇敢地保护自己辖区的信徒吗？我们今天不是还能在报纸上看到，有的神父因为坚持与黑手党或黑社会斗争而最终被杀害的消息吗？对，你们说得没错，不过我们这位长了一副马脸的小说作者，尽管也是一位虔诚的天主教徒，但却非常明白，人的胆量有大有小，这和他们干什么工作完全没有关系。我们的作者还知道，有很多人当神父、修士或者修女并不是因为他们感受到了上帝的召唤，也不是因为他们真有一颗圣洁的心灵，而是因为他们赶上了极度贫困的年代，对于一个穷人来说，一旦变成一位神父、修士或者修女，就意味着他（或她）后半辈子的生活有了着落，就算不能大手大脚地过日子，也不至于被饿死。这样一来，就会有一些人在当了本堂神父以后，只顾苟且偷生，而对《福音》中的清规戒律置若罔闻。

那是一段艰难的岁月。我们的故事就发生在意大利北部的伦巴第地区，这里的大部分土地都在西班牙人的统治之下，而西班牙人倚仗的又是当地大大小小的贵族，作为回报，西班牙人允许这些贵族横行霸道、为所欲为。贵族们通常住在米兰，但也有一些贵族住在市镇村寨中，他们在地势较高的地方筑起城堡或宫殿，由他们豢养的家丁守卫。

那么，这些家丁，或者说是打手，又是些什么人呢？今天我们或许可以叫他们保镖，但要注意，这些打手都是彻头彻尾的流氓无赖，他们胡作非为、无恶不作。贵族老爷们把这些人招来，就可以免除他们的牢狱之苦，甚至是逃脱绞刑；作为对主人的回报，他们要时刻准备满足主子横行霸道、为所欲为的意愿，这些横行霸道的行径很少会出现在恶霸与恶霸之间，而通常都是发生在恶霸与穷人之间。

想要认出这些打手非常容易，首先他们都有一张让人望而生畏的

脸；其次他们浑身全副武装——佩带着匕首、剑，还有火枪（外形像炮一样的大枪）。此外，他们都用发罩包裹住头发，以免让人看见他们垂在脸上的一大绺头发，这样他们胡作非为的时候就不会被人认出来了。

总之，如果你们想对打手的形象有更具体的认识，那么只要回忆一下你们看过的那些关于海盗的电影就行了：和一个打手比起来，虎克船长和他手下所有的海盗简直就变成了耶稣诞生时盘旋在马厩上空的小天使。

我们刚才说起的那位本堂神父名叫堂安保迪奥，他的辖区小镇就在风景如画的科莫湖畔。一天晚上，当他一个人安安静静走在回家路上的时候，迎面遇到两个打手，看样子这两个家伙是特意在等他。只要看一眼这两个人的模样，神

父就被吓成了我前边说过的那副样子，但作为有教养的人，我就不再重复了。

这两个打手究竟干了什么呢？我们长话短说。他们对神父说："我尊敬的神父，你明天可是要主持婚礼，把那个叫露琪亚·蒙德拉的姑娘嫁给那个叫伦佐·特拉马利诺的臭小子吗？那您听好了，别让他们结婚，否则您可是要有麻烦的。"他们没有必要向堂安保迪奥解释"麻烦"的含义，因为一看到他们狞笑时露出的狼一般的尖牙，神父就明白了，这所谓的麻烦指的不是挨上一刀就是中上一枪，要么就是挨刀以后再中一枪。

堂安保迪奥本想争辩一番，但两个打手告诉他，他们是来替堂罗德里戈老爷传话的。

堂罗德里戈！一听到这个人的名字，堂安保迪奥神父就吓得浑身颤抖、心动过速。此人就是我们前面提到过的那种贵族老爷，也许是他们中最坏的，他在乡间专横跋扈、欺男霸女。那为什么堂罗德里戈不想让伦佐和露琪亚结婚呢？用我们今天的话讲，堂罗德里戈就是一个花花公子，他以欺负比自己弱小的人为乐。今天的那些花花公子一感到无聊，就

会骑上摩托车，去纠缠那些从缫丝厂下班回家路过此地的女孩子。堂罗德里戈也是一样，他一直在纠缠露琪亚，你们可以想象出他在姑娘面前是如何花言巧语的，但露琪亚却拿定主意，根本不理睬他。现在堂罗德里戈不仅要蓄意报复，而且还要防止他们一旦结婚，露琪亚会逃离他的领地，逃离他的魔爪。

堂安保迪奥回到家，惊魂未定，把这一切告诉了女管家佩尔佩杜娅。女管家建议他去米兰大主教那里告状，因为这位大主教素以扶弱济贫、匡扶正义而著称。但是，堂安保迪奥连这点胆量都没有。经过一夜的煎熬，第二天一大早，当伦佐来找他落实一些婚礼细节的时候，他却找出一连串毫无意义的借口，把一大堆拉丁语词汇抛向伦佐，让这个可怜的小伙子不知所云。最后，堂安保迪奥只是让伦佐明白，无论如何最好别和露琪亚结婚。

伦佐是一个优秀的小伙子，但是也有自己的小心思，他能套出女管家佩尔佩杜娅的话来，他终于知道这件事的罪魁祸首是堂罗德里戈。他跑回去把这一切都告诉了露琪亚和她的妈妈安妮丝，这样大家都知道这是那个恶霸的阴谋了。伦佐不光有火爆的脾气，还有一柄可以围在腰间的软刀，就像那个时候有些地方人人佩带的那种。他让大家知道，他想闯入堂罗德里戈的宅邸，杀他个干干净净。让我们想想，如果他只身一人面对一大群恶毒的打手，简直连一根汗毛都伤不了人家。他太不冷静了。

安妮丝劝他说，不如去向附近的一位大律师求助，此人擅长处理疑难案件，大家给他起了个外号叫"吹毛求疵博士"。伦佐找到他，还给他带了两只阉过的大公鸡作为礼物。开始，伦佐没有说清来意，律师先生还以为他也是一个打手，准备帮他逃过拘捕，还煞有介事地说了很多难懂的词汇和拉丁文的句子。但当律师得知，伦佐是来求自己和当地最有权势的恶霸打官司时，这位"吹毛求疵博士"立刻把伦佐逐出了家门，还把那两只阉鸡还给了他。实际上，这位律师本人就是堂罗德里戈的幕僚，天晓得他们之间有什么不可见人的勾当！反正他不想和有权有势的人过不去。

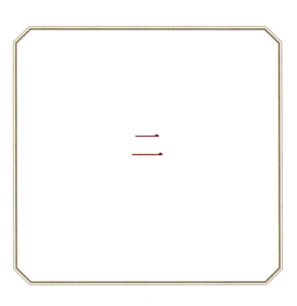

通过我们的作者曼佐尼先生在故事一开始为我们讲的这几件事，我们可以了解到：在这个世界上有一些有权有势的人，他们往往专横跋扈，而可怜的穷人只能忍受他们的欺压。为了让穷人们保持沉默，这些权贵会借助他们手下只会用武器说话的打手，或是借助他们的幕僚，这些家伙用拉丁语让那些通常不会读书写字的穷人因不知所云而哑口无言，因为在那个时候，拉丁语不只是教会使用的语言，还是法律和科学界普遍使用的语言。

现在，曼佐尼先生可以让我们松一口气了，因为我前面说过，他是一个虔诚的天主教徒，尽管在小说里写了些性格卑微、胆小如鼠的神父，幸好也安排了几个胆子大的教士。我们可怜的主人公跑去向一位名叫克里司多福罗的神父求助，他住在离此不远的佩斯卡雷尼科修道院。

这个克里司多福罗在没有进修道院之前名叫卢道维柯，也是一个喜欢舞刀弄枪的放浪子弟，他并非出身名门贵族，而是一个富商的儿子，他家的财产足可以让他一生衣食无忧。起初，他也委身于权贵，直到有一天，一场争执改变了他的命运，在今天看来这场争执的理由非常可笑，但在当时却足以引发一场决斗，这个理由就是"荣誉"：如果两个人在便道上迎面相遇，那么谁应该驻足侧身让对方先过呢？

卢道维柯就迎面遇到了一个家伙，这家伙对卢道维柯说："把路让开！"

卢道维柯回敬他说："不，该让路的是你，因为我在靠右前行。"

那家伙说："啊，是吗？遇到你这样的人，右侧的路永远是我的！"在经过卢道维柯面前时，那家伙又以轻蔑的口吻说道："闪开，干粗活的下等人，让我教教你该如何与绅士讲话！"

"你说我是干粗活的下等人？"卢道维柯反问道，因为在那个时代，和一个干粗活的下等人（也就是那些靠自己双手工作卑微的人）面对面讲话简直就是奇耻大辱，那些游手好闲的贵族绅士都这么认为。卢道维柯反驳说："说我是下等人，简直是撒谎！"

"不，说我撒谎的人才是在撒谎！"他们就这样争执了好一会儿，因为在双方动手之前，或者说是兵戎相见之前，这是一种礼尚往来的交流。也许你们会说，他们真是疯了，好吧，疯就疯了吧，但是假如这些古代的绅士听到我们今天的两位汽车司机因为一起小小的剐蹭事故而说的那些话，那他们一定会说我们才是真的疯了。

不管怎么说，17世纪不仅发生了很多关于海盗的故事，而且还发生了很多关于火枪手的故事：话说这两个人双双抽出佩剑，与此同时，他们手下的打手们也扭打在一起，人们纷纷跑来看热闹，那个家伙用自己的剑锋刺穿了克里司多福罗的身体，克里司多福罗是卢道维柯忠实的老仆人，卢道维柯盛怒之下结果了这个仇人，他杀人了！

为躲避牢狱之灾，卢道维柯东躲西藏，或跑进教堂，或躲进修道院，最后，他在嘉布遣会的修道院里得到了庇护。与此同时，死者的全家——亲兄弟、堂兄弟和远近亲戚们转遍全城的大街小巷来寻找凶手，以求报怨雪耻。请读者们注意，他们这样做并不完全出于丧失亲人的悲痛，还出于整个家族的仇恨。

事已至此，卢道维柯决定出家做修士，并借用了死去老仆人的名字：克里司多福罗。他这样做并不是为了逃避仇家的追杀，而是因为他内心饱受煎熬，真心渴望悔过。他鼓起勇气，毫无畏惧地径直走向死者兄弟家的宅邸，死者的亲属们都在那里等着看他遭受屈辱。卢道维柯双膝跪倒，满怀谦

卑和悔恨，最终死者的兄弟和亲属们被他的真情所打动，拥抱了这位忏悔者，他们都认为以德报怨是挽回家族荣誉的最好方式。作者曼佐尼先生想要借此告诫我们的是（他在小说里反复强调这一点），忏悔和原谅比报仇雪恨需要更大的勇气。

从那天起，这位克里司多福罗神父便决心毕生保护贫弱之人。

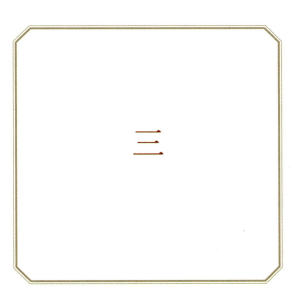

如果说需要有一个人去面见堂罗德里戈，让他别再纠缠露琪亚的话，那么克里司多福罗似乎是最佳人选。克里司多福罗果然去了，堂罗德里戈还虚情假意地设宴款待了他，他环顾四周，发现在座的有"吹毛求疵博士"和当地的最高行政长官，当初这位"吹毛求疵博士"倘若履行了他律师的职责，这位行政长官就会把他关进监狱了。

堂罗德里戈对克里司多福罗讲话就像对待乞丐一样，他说他不需要让一个神父来教他怎么做人。听到这番话，克里司多福罗摆出一副决斗的架势，虽然他手中无剑，但仍然抬起右手，做出咄咄逼人的样子，左手放在胯上，两脚一前一后，怒吼道："现在我再也不怕你了。（请注意，他现在开始不用'您'来称呼堂罗德里戈了，就像堂罗德里戈变成了一个被人看不起的干粗活的下等人一样。）露琪亚会得到上帝的护佑，上帝还会让灾祸降临你家！"

堂罗德里戈听罢破口大骂，把克里司多福罗赶出家门。由于这个堂罗德里戈丧尽天良，上帝对他的惩罚就再也没有间断，在接下来的故事里我们会见证很多让他刻骨铭心的事例。

的确，克里司多福罗神父以他的勇气去弥补堂安保迪奥的胆怯，但实际上他却徒劳无功。

假如伦佐和露琪亚已经结婚，那么他们就可以一起远走高飞、逃往他乡了，因为离他们家乡不远的地方就是贝尔加莫城，在那里米兰大公的统治已经结束，人们迎来了威尼斯共和国时代。但在那个年月，一对未婚的青年男女是不能一起远走高飞的，因为那样的话女孩就会声名狼藉，一辈子抬不起头来。何况我们这位露琪亚姑娘，作者曼佐尼先生将她描绘得温婉贤淑、善良虔诚，就连看见她的未婚夫都会羞得面红耳赤，虽然大家都知道她很爱这个小伙子，但她却一直在掩饰着自己的感情，因为他毕竟还没有成为自己的丈夫。要知道，在那个时代，"正经"女孩是不能被人看见和男孩们一起出行的，现在你们知道时代变化有多么大了吧。

事实上，正当克里司多福罗神父想办法帮助伦佐和露琪亚这对年轻人的时候，堂罗德里戈也在那里想着坏主意。究竟是什么主意呢？

　　他叫来了手下打手的头儿，此人名叫格里佐，单单听这个名字就会让人害怕，他命令格里佐带上几个打手，连夜把露琪亚抢到他家中。

　　与此同时，露琪亚的母亲安妮丝给伦佐和露琪亚出了一个主意。她听说掌管圣餐的人是神父，主持坚信礼的人是主教，而掌握婚姻大事的人就是新郎新娘自己。也就是说，只有当男女双方声明自愿结婚时，神父才能宣布他们结为夫妻。

　　于是，安妮丝告诉女儿和伦佐，要设法潜入堂安保迪奥的房间，出乎意料地出现在神父面前，告诉神父他们想结为夫妻。这样一来，神父就可以成

为他们婚姻的见证人，让有情人终成眷属！

就这样，一个极其混乱的夜晚开始了：一对年轻的约婚夫妇悄悄潜入堂安保迪奥的书房，想要完成那个能让他们真正成为夫妻的认证仪式，但没过多久堂安保迪奥就发现了他们，他吓得撞翻了桌子和烛台，跑到窗口呼救，教堂里看管圣器的人听到呼救，不知出了什么事，就连忙敲响了警钟。听到钟声，全村人都跑到了街上，想看看到底出了什么事。与此同时，打手们闯入了露琪亚家中，他们自然没有看见一个人，当他们听见有人敲响警钟的时候，还以为是村民们发现了他们这些入侵者，便仓皇逃跑了。这场惊险而又略带欺骗性的婚礼终于结束了，堂安保迪奥试图说服乡亲们不要大惊小怪，只是几个无赖想闯进他的家门而已。乡亲们将信将疑，因为明明有人看见三更半夜几个黑影从露琪亚家中落荒而逃……总之，大家都是一头雾水。

这之前还发生了另一件事。有一个人，非常善良，在堂罗德里戈的城堡里当侍者，他无意中听到了主人的诡计，便通知了克里司多福罗神父。神父派一个小孩去通知伦佐和露琪亚，半路上小孩遇到了这两个正准备悄悄返回家中的年轻

人，他们得知此事后立刻掉头，又逃回了克里司多福罗神父那里。

在克里司多福罗神父那里也发生了一件事，也许会让这对约婚夫妇从此天各一方，再难团聚了。神父给了露琪亚一封信，让她带着信去投奔位于蒙札的嘉布遣会修道院，他也给了伦佐一封信，让小伙子去投奔米兰修道院的博纳文杜拉神父，克里司多福罗在信中求这位米兰的神父在那里给伦佐找份工作。

此刻，一只小船驶过湖面，载着这对约婚夫妇渐渐远去，也许他们今生再也不能相见了。夜色中，露琪亚望着终日为邻的群山和一望无际的湖水，禁不住哭了起来。

四

现在故事越来越复杂了。是这样吗？是的。伦佐要逃往米兰，而露琪亚将在一位大小姐的特别保护之下，寄身于蒙札的隐修修女院。除了遇到这位大小姐之外，露琪亚的遭遇可谓才出龙潭又入虎穴。伦佐到了米兰，正赶上一场可怕的暴动，抑或说是造反，或者也可以称之为革命。

好，我们从头说起。那位大小姐是何许人也？你们还记得我前面讲过的关于堂安保迪奥的事吗？在17世纪，很多人当神父并不是由于感受到了上帝的召唤，而是为了平安度日，苟且偷生。但是，像堂安保迪奥这样的人至少可以选择自己的命运，而还有一些人却只能听任别人的安排，违背自己的意愿。

现在的大户人家都会生一大群孩子，过去也是这样，但他们却不愿分割遗产。这样，一家的长子就会继承一切，包括爵位、土地、房产、城堡以及所有的财富，而其他儿女则什么也得不到。但怎么才能让其他儿女得不到一分钱的遗产呢？那就把他们送去当修士或是修女。难道他们不愿意去也必须要去吗？是的。

我们的这位大小姐名叫吉特罗黛，她从小就被安排长大后去做修女，为了向她灌输这是命中注定之事的观念，家里人只给她玩穿着修女服装的娃娃，还给她讲当上修女院院长之后会多么幸福、多么光荣，因为所有的修女都是平等的，而那些出身富贵人家的修女就比别人更加平等，她们一定会得到修道院最重要的职位。

在修女学校，也有一些女孩后来可以回到家中，可以嫁人，像所有富有、骄纵的女孩子一样爱慕虚荣，她们凑到一块儿不是谈论自己拥有的最漂亮的衣服，就是讲述自己参加过的最奢华的聚会。吉特罗黛为此十分苦恼。

在她发愿终生做修女之前，被修道院送回家，和家人一起生活最后几个月的时光，利用这最后的机会，她想让父亲知道，她觉得死后埋在修道院里是一件令人毛骨悚然的事。但在家人眼中，她就是一个放浪、任性、不知感恩的女孩，错失了美好的未来，简直要把父母活活气死。总之，父母给她

彻彻底底地洗了一次脑。在发愿之前的最后一刻，一个善良的神父和她谈话，要了解她是不是自愿选择做修女的，这时她已心如死灰，发誓说当修女是她自己的意愿，没有被人左右。那位善良的神父也看出她没有说真话，这一点从她的眼神里就可以看出来，但17世纪是一个非常虚伪的时代，那时候事物的表面往往比实质更被人们所重视，或者说，说的比做的更让人相信。

就这样，吉特罗黛变成了蒙札修道院的大小姐，她死后会被葬在修道院的围墙内，而她有生之年再也不能离开此地半步。

面对不幸的遭遇，有的人会听天由命，有的人会怒不可遏，比如说伦佐，他现在就恨不得要了堂罗德里戈的命。吉特罗黛则冷冷地咬着牙，默默忍受着这一切，把愤怒埋藏在心底，对待修女姐妹们她变得专横而残酷，她憎恨整个世界。

吉特罗黛房间的窗子朝向埃吉迪奥家的花园，这个埃吉迪奥是个专横跋扈的贵族青年，和堂罗德里戈是一路货色，他开始引诱吉特罗黛。吉特罗黛没有露琪亚那样的品行，而且也没有一个像伦佐那样的小伙子在等她。就这样，她步入

了埃吉迪奥的府中。我不知道他们是如何幽会的，或许有个秘密通道可以连通修道院的厢房和埃吉迪奥家的后花园，总之她做了一个修女绝不该做的事。更糟糕的是，一名修道院中的年轻女子被人发现做出这样的事，而且还要把奸夫是埃吉迪奥的事说出去；为了让吉特罗黛保持沉默，埃吉迪奥杀死了她，并销尸灭迹。你们看看露琪亚就生活在这样的环境里。

吉特罗黛之所以变坏，是因为比她更坏的家人们常常撕扯她的头发，她悲惨的一生和种种遭遇当然值得我们同情，但不要忘了，露琪亚的安危恰恰托付给了一个像她这样不幸的人。

五

现在，一个更坏的人物出场了，当然他比任何人都坏。他住在山巅的别墅里，隐藏于鹰巢之上，通往山上的各条道路上都有武装到牙齿的打手们巡逻把守。他是一个凶残的家伙，人们甚至不敢念出他的名字。我们的作者曼佐尼先生也没有告诉我们他叫什么名字，所以我们姑且称他为无名氏吧。

这位无名氏不仅是一个像堂罗德里戈那样肆无忌惮的浪子，还是一个有恃无恐的罪犯，他藐视一切法律，帮助那些像他一样专横跋扈的权贵做违法的勾当，甚至可以说，他专门以为非作歹为乐趣。我无法告诉你们他究竟做了多少坏事，也说不清这些坏事究竟有多么可恶，你们只要联想一下现在的黑手党或黑社会就行了，他走私毒品，操纵匿名绑架，无恶不作。更有甚者，他还买通法官和政府官员（那个时代这些人都非常腐败），这样就没人敢把他送进监狱了。你们明白了吧。

上帝创造了他，又创造了与他同流合污的人，他是堂罗德里戈的朋友，堂罗德里戈对他不但尊敬，而且畏惧。露琪亚逃跑以后，堂罗德里戈并未善罢甘休，他为此做了三件事。首先，他打听到了露琪亚的下落，知道她就在蒙札的修道院。第二，为了摆脱唯一能给他找麻烦的人——克里司多福罗神父的纠缠，他说服了一位权势极高的叔叔，让他想办法把克里司多福罗神父调走，嘉布遣会对他这位叔叔唯命是从，把克里司多福罗神父派到了里米尼——那个时代，出远门时只有富贵之人才能乘车骑马，其他人都要靠步行，也根本没有邮车之类的交通工具，所以克里司多福罗去里米尼就像远渡重洋一样。第三，他上门去求这位无名氏朋友帮个小忙：劫持露琪亚，然后交给他。

　　要知道，这位无名氏竟然是埃吉迪奥的朋友，真可谓物以类聚、人以群分。我们说过，埃吉迪奥和修道院的大小姐关系非同一般，所以结果你们就可想而知了。

　　尽管大小姐非常喜欢露琪亚，不愿意看到她遭遇这样的厄运，但是她不能，或者说不愿违背埃吉迪奥——这个背信弃义之徒的意愿。大小姐谎称派露琪亚出去办事，让她去

嘉布遣会修道院送信。露琪亚出了门，半路上她遇上一辆马车，但她还没看清乘车之人的邪恶面孔，就被人抓住了，原来车里坐的是无名氏手下的打手，为首的叫尼比奥。打手们将露琪亚推入车厢，一直带到了他们山上的城堡里。

现在请读者原谅，我讲的故事要跳来跳去了，因为在这本小说里，不幸的故事有很多，我们不能只讲露琪亚的事，也要同时关注一下小伙子伦佐的命运。他来到了米兰，正好看见有一群不要命的人准备袭击面包房。这究竟是发生了什么事呢？原来，那个时候整个皮埃蒙特和伦巴第地区都被卷入了一场战争，这就是我们说的三十年战争，但这种说法是后来才有的，因为一开始谁也没有料到这场战争会持续那么多年。

你们别指望能弄明白眼前发生的这场战争，因为正如我们今天所说，那就是一团乱麻，西班牙人和德国人一起打法国人，萨沃亚公国的大公站在哪一方永远不会有人知道，卡萨莱蒙费拉托城处于重重包围之中，而曼陀瓦城则被占领并被洗劫一空。

在那个时代，战争中用的大多是雇佣兵，这些人以打仗为生，谁付钱他们就为谁打仗，但有时不付钱他们也会去打仗，只要允许他们抢掠财物就行：他们一旦进入一座城市，往往见人就杀，并将房舍、教堂和宫殿洗劫一空。以至于他们经过的地方就像闹了蝗灾一样，一切荡然无存，不管这片土地属于敌人还是盟友。出于职业习惯，他们总是喝得酩酊大醉，而且都是嗜血成性的暴徒。

显然，一个处于战乱中的地方——要被这群流氓无赖洗劫，统治者只想着花钱打仗，根本不管钱和粮食够不够，而大片的庄稼又会被士兵践踏，损失殆尽——只能承受严重的经济危机，基本的生活必需品极度匮乏，简直就是遭遇了一场大饥荒。

正因如此，米兰的民众才会为面包的价格揭竿而起。面包是必不可少的，虽然穷人们偶尔也会吃一次副食，但大多数时间还是要靠面包度日的。

起初，老百姓在米兰买不到面包，后来政府为了安抚民心，给面包定了一个极低的价格，这样一来面包店纷纷倒闭，再后来面包的价格又涨了上去，惹怒了百姓……总之，终于有一天百姓们忍无可忍了，他们汇集在一起抢了所有的面包房。

这样一来，人们浪费掉的面包和面粉就超过了他们能吃下的数量，抢劫者们抢到了一袋袋满满的面粉，然后随意丢落在街上，还有些人背着装满面包的背篓慌忙逃走，一路上面包掉了三分之一，这就是为什么伦佐一进城就看见随地散落的面粉和面包，仿佛置身于传说中的极乐世界。

由于肚子饿，他没能抵御住两只面包的诱惑，但他是一个诚实善良的人，打算一找到面包的主人就把钱付了。可四下里一片混乱，又到哪儿去找面包的主人呢？他在修道院里没有找到那个他想要找的博纳文杜拉神父，于是开始在城里转悠，这时他听到人们在议论关于抗议和不公正之类的话题，置身于激动的人群中，他也变得激动起来。听到大家都在渴望公正，他暗自想到，与面包的价格比起来，堂罗德里戈让他承受的才是真正的不公。于是他开始当众慷慨陈词，表示必须惩治土豪恶霸，把权力还给穷人。但听众中有些人却认为他是在煽动民众反对政府。

这时，在人群中出现了一个警察的密探，他要趁夜幕降临之前在众多犯罪的人中选定几个需要被逮捕的对象，这些人可能会在未来的几天里被处以绞刑，以达到杀一儆百的目的。

那时候的死刑是这样的，杀人不是为了惩罚那些做了坏事的人，而是为了警告那些未来想要做坏事的人。因此被处死的人究竟是不是罪犯或者是不是首犯并不是那么重要。也许你们不喜欢这种惩罚方式，但我可以告诉你们，现在仍然有很多国家在这么做。

这样看来，伦佐简直就是一个十足的傻瓜，因为当那个密探跟踪他进入一家餐馆的时候，我们这个小伙子正在喝酒，他被人灌下的酒已经超过了他的酒量，只要听他说几句话就可以知道他已经喝醉了，他一直在愤怒地抗议着，不停地鼓动大家要为正义而惩处天下所有的恶人，他还顺口说出了自己的名字……听到这些，那个密探马上报告了警方。第二天早上，两个宪兵和一个警官就来把他逮捕了。

然而，城里仍然动荡不安，起义者的巡逻队四处巡视，其实宪兵和警察更怕这些人，而不是他们已经抓到的这个小伙子。此时伦佐已经清醒了过来，当他意识到自己处境不妙之后，立刻大声喊叫起来："朋友们，他们要把我关进监狱，就因为我昨天为你们争取过面包和公正！"

人群顿时骚动起来，百姓们把宪兵团团围住，两个宪兵

的脸被吓得煞白，他们只想迅速离开这里。最终，他们放开了伦佐，钻过人群一溜烟地逃跑了。

伦佐也跑出了城，此刻他唯一的想法就是到阿达河去，因为河对岸就不是米兰大公的地盘，而是属于威尼斯共和国。但是他不敢问路，投宿在一家旅店中，在那里他遇到一个从米兰来的商人，告诉他现在全城都在搜捕一个从外乡来的无赖，这个人扬言要杀死所有有权有势的人（那个商人抱怨说："要是所有有权有势的大老爷都被杀死，穷人们可怎么活啊？"这是因为他所从事的职业更多的是与富人打交道，而不是穷人）。宪兵还在那个外乡人的身上搜出了一沓书信（其实就是克里司多福罗神父给博纳文杜拉神父写的那封引荐伦佐的信！），不知道究竟是谁把他请来煽动造反的。

伦佐听罢吓出一身冷汗，他已经成了米兰的要犯，万一被他们抓住就会有丧命的危险。最后，经过千辛万苦，他终于来到了贝加莫城，在那里他的表弟波尔多帮他找了份不错的工作。现在我们暂时告别伦佐，回过头来接着讲那位不幸的露琪亚姑娘。

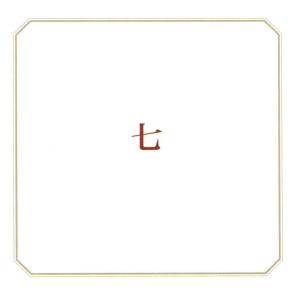

七

现在我们要讲讲露琪亚被劫持后的那天夜晚发生的事——你们或许已经发现了，小说作者曼佐尼先生讲的故事就像一部电影，同时有好几个人物出现，讲完一个人的事，再回过头去讲另一个人的事，以便让我们看到他们在同一时刻所做的事。

露琪亚被马车带上山，直奔鹰巢的方向驶去，她更加害怕了，苦苦哀求劫持者放过自己。以至于最后，就连尼比奥这样铁石心肠、无恶不作的打手都几乎动了恻隐之心。

恶霸无名氏透过他城堡的一扇窗子看着搭载着"猎物"的马车，他迟疑了一下，仿佛自己的所作所为让他感到一丝不安。他这样一个人会有这样的感觉吗？

他亲自去看露琪亚，姑娘扑倒在他脚下，央求他放过自己，并对他说了一句他有生以来从未听过的话："上帝会因为一个仁慈之举而宽恕你很多罪恶！"

无名氏转身走了，他安慰姑娘说她不会受到任何伤害，

有什么事明早再说。露琪亚惊恐焦虑地度过一夜，不知该向何人求助，最后她向圣母发了一个愿：只要能逃离险境，她将永远不嫁，把自己的一生献给圣母玛利亚。

其实这一夜无名氏比露琪亚更加不安，自从他第一眼看见这姑娘，心绪就再也不能平静了。这个姑娘平静如水、多愁善感，是一个本本分分的小农妇，虽然是个大美人，却没有那么多心计，她身上真的能散发出巨大的魅力，单纯、温柔、贤淑，而且真的非常美丽，就连一个堕落的浪子见到她也能产生高尚的感情。在露琪亚面前，铁石心肠的无名氏竟然产生了怜悯之情和悔恨之意。

如果你们觉得这根本不可能的话，就需要重温一下作家曼佐尼先生希望通过他的小说来告诉我们的东西。人当然会因为其所处的环境和社会状况而变得卑劣或邪恶：堂安保迪奥当神父并非出于本心，因为对于穷人来讲，他们没有更多的机会来摆脱生活的困境；吉特罗黛走入歧途是由于那个时代不公平的继承法所造成的，她的家人们都是那个时代的"孝子贤孙"；堂罗德里戈是个流氓无赖，这是当时那个建立在特权基础上的社会所造成的；也许那些助纣为虐的打手也有他们自己的苦衷。但是人并不是完全被外界环境所塑造的，因为人还有良知，可以主导自己的行为，感受良心的召唤。假如上述那些人能感受到他们心中道德的力量，那么堂安保迪奥就不会表现得那么卑微怯懦，吉特罗黛就不会走入歧途，而堂罗德里戈也不会那么有恃无恐。现在，我们这位无名氏先生就听到了内心良知的召唤。

他猛然意识到，这种为非作歹的生活是毫无意义的。不久之后，他发现山下所有村民都兴高采烈地赶往附近的一个村镇，谒见米兰的大主教——红衣主教菲德里戈·博罗梅奥，大家都说他会成为圣人。"这个人凭借什么让大家如此快乐呢？"无名氏不禁反问自己，他内心受到触动，但却不知道这是因为什么，于是他决定亲自去见见这位主教。

没错，我也觉得无名氏的这个转变有些突然，但小说作家曼佐尼先生却相信会发生奇迹，如果你们不相信奇迹的话，就姑且认为这种变化已在无名氏心中酝酿了很长时间，只是他一直没有意识到而已。

长话短说，这个土匪径直去找红衣主教，就像到自己的城堡一样，挎着长刀，腰间别着匕首和手枪，还斜背着一支

马枪。所有在场的本堂神父为了表示对他们大主教的敬意，都在一旁瑟瑟发抖地画着十字。但是这位红衣主教，明知这个家伙是冲自己来的，还马上吩咐手下让他进来，并非常愉快和热情地接待了他，仿佛已经料到他是来忏悔罪恶，发誓从今往后要痛改前非的。

就这样，上帝开恩，我们这位无名氏变成了"开明士"（请原谅我玩了个文字游戏），他向红衣主教承认的第一个错误就是劫持露琪亚的卑鄙行径，他答应主教一回到山上就立刻释放露琪亚。此时，所有的本堂神父都在隔壁房间待命，红衣主教从他们中间找出了堂安保迪奥，为的是在露琪亚来了以后，可以见到一个熟悉而友好的面孔。当然，红衣主教只是一厢情愿而已，因为他还不知道堂安保迪奥在这件事上扮演的角色。再过一会儿，红衣主教一旦从露琪亚和她妈妈那里了解到这位本堂神父的所作所为，一定会把他申斥得无地自容，他会质问堂安保迪奥："你难道不知道身为本堂神父，要敢于为自己教民的利益而牺牲一切吗？在你受到威胁以后为什么不来向我报告？就没有人教过你吗？你穿上这身僧袍就该甘于奉献，勇于牺牲，英勇无畏！"

这个场面我们可想而知。堂安保迪奥自言自语地嘀咕着："哼，站着说话不腰疼，反正那个被打手威胁在肚子上戳个窟窿的人不是您主教大人，您应该设身处地为我想想……面对那些凶神恶煞般面孔的是我，而不是您……您对待那个土匪头子和颜悦色，而我只是为了活命而说了一句半句的假话，就被您不依不饶地训斥……"当然，这些话他并没有说出声来，反而连连道歉，点头哈腰，说大概是自己错了——一个胆小怕事的人见了红衣主教也会唯唯诺诺。但当他事后回到家，一连数月，唯恐这对约婚夫妇回来请他为他们主持婚礼，因为堂罗德里戈仍然住在这里，随时都会派打手来收拾他。总之，人在矮檐下，怎能不低头。

因此，我们可以想象那天的情况：早上，当红衣主教派他前往那个可恶的城堡解救露琪亚，而同行者还是一个邪恶之徒时（他根本不相信一个土匪能有这么大的转变），他吓成了什么样子。上山的路上他一直浑身发抖，因为他生怕这家伙会突然变卦，变得比以前更坏。

八

不管怎么说，堂安保迪奥此行非常顺利，露琪亚重获自由，她妈妈安妮丝夫人也找到了她，无名氏让她们得到了一份一百个金币的嫁妆，这两个穷人家的女人从没有见过这么一大笔钱。

显然回老家是非常危险的，因此露琪亚被一位叫普拉赛苔的女士收留，陪护这家的老人。与此同时，伦佐在国外被处死的消息传到了露琪亚的耳朵里，伦佐被捕的理由或许就是我们今天所说的从事恐怖活动。越是无法看见的事，消息就会传得越快，后来大家居然以为米兰所有的骚乱都是由伦佐一人阴谋策划的。普拉赛苔女士打算说服善良的露琪亚，让她不要再思念这样一个恶棍。露琪亚一直在为自己的心上人辩护，但她忽然想到，由于自己已向圣母发愿，所以就再也不能嫁给伦佐了，还要彻底将他忘掉。她万念俱灰，把这件事一五一十地告诉了妈妈。

安妮丝夫人终于打听到了伦佐的下落，并给他写了一封信，还把无名氏赠送的嫁妆给他寄去一半，但露琪亚发愿终身不嫁的事她却没有细说。然而,安妮丝不会写字,只能自己口述,求别人代笔,而这个代笔的人也没有完全搞懂这件事的来龙去脉,只是按他自己的理解写完了书信。信到了伦佐手上,这小伙子也不识字,而给他读信的人也没有完全弄懂安妮丝夫人想表达的意思,只是按照自己的理解把信的内容讲给伦佐听,以至于伦佐听罢一头雾水。因此,直觉告诉这个可怜的小伙子,露琪亚已经不再爱他了。他非常失望,问自己这究竟是为什么,甚至想亲自回米兰把事情弄清楚,但又怕再次被捕。

然而,当可怕的瘟疫袭来的时候,一切都变得比以前更糟了。这场瘟疫(我们用楷体字来表示),简直就是一场巨大的灾难!

爆发这场瘟疫绝非偶然。成千上万的雇佣兵穿过城市和乡村,他们蓬头垢面、浑身污垢,不但随地大小便,还到处寻衅杀人,致使尸横遍野,无人掩埋:这些都是让瘟疫迅速蔓延的理想条件。假如人们注意卫生，及时采取预防措施的话，瘟疫也不会传播得这么快。但在那个时代，没有人会接受讲卫生的建议。后来，直到很晚的时候，一些科学家才提出假设，认为瘟疫的传播应该归咎于一些极其微小的生物（也就是我们现在所说的细菌）。

瘟疫给人们造成了恐慌，在一段时间内，不仅普通百姓人心惶惶，官方也惴惴不安，因为他们一直否认爆发瘟疫的说法。当出现了第一批死人的时候，当局说那是由沼气引发的热病所致。当爆发瘟疫的证据更加充足的时候，米兰的统治者心里想的只有眼下的战事，根本不关注这些小小的热病。最后，有人首次发现了腺鼠疫的脓肿，毫无疑问，这种一般出现在腋下、呈蓝紫色的赘瘤就是瘟疫的症状。惶恐的官员们宣称，需要举行一次市民大游行，以祈求上帝的助佑，他们就不想想，让数以千计的人聚集在一起，摩肩接踵，正好为瘟疫提供了绝佳的传播途径。

更有甚者，面对腺鼠疫的赘瘤，那些愚蠢的医生仍然不承认这就是瘟疫，还只是把它称为"热疫"，仿佛改了名字，病就能治好似的。

请你们记住，作者曼佐尼先生这是在告诫我们，愚蠢人

做的坏事比坏人做的还要多。

最后，谁也否认不了瘟疫的存在了，倒毙在路边的人越来越多，整个伦巴第地区就像在作垂死的挣扎。人们再也无法回避这个可怕的现实了，有人开始产生疑问，这到底是谁的错。或许有人会说，这是我们大家的错，应归咎于那些没有认识到事态严重性的人和那些没有及时采取预防、隔离、诊治、消毒措施的人。但是承认"这是我本人的错"毕竟是一件令人难堪的事。于是，关于瘟疫传播者的谣言就出现了。人们开始认为有一些坏人，很可能是敌人派遣的特务，或者是魔鬼派来的使者，他们四处游走，伺机在人家墙上或门上喷洒有毒物质，传播瘟疫病菌。

患瘟疫而死的人越来越多，而可以收留瘟疫患者的医院和专门的隔离医院里已经人满为患，每个人都睁大眼睛，警惕那些该死的瘟疫传播者。一些人好像看见，在大教堂里有人往长凳上涂抹什么东西，于是这些长凳立刻被搬到教堂前的广场上清洗，当人们看到这一大堆木头时，都众口一词地说大教堂的所有长凳都沾上了病菌。一天早上，有人发现在大门和城墙上出现了一堆泛着黄色的脏东西，也许这只是有人搞的恶作剧，而更有可能的是那些地方一直就是那么脏，只不过从来没人注意而已。人们像集体着了魔一样，只要看见异国打扮的人，都会当他是传播瘟疫的坏人，这是因为人们更容易憎恨外国人，而不是自己的近邻。有一个老头遭人围攻仅仅是因为掸去了一条长凳上的灰尘。如果有人在路上向别人打听事的时候摘下帽子，对方马上就会大叫道："把有毒的灰尘留在帽子里撒给死人吧！"一个家伙敲了敲大教堂的墙面，想看看石材的坚硬程度，众人便愤怒地扑向了他。

随着恐怖气氛的加剧，城里已经到处都是搬运死尸的脚夫，这些人穿着统一的红色工作服，负责把尸体搬运到公共墓地。他们认为没完没了地喝酒就能抵御病菌的侵袭，因此总是喝得醉醺醺的。他们驾着马车穿城而过，就坐在堆成山的尸体上，腐烂的尸体臭气熏天，窜入奄奄一息的病人家中，脚夫们有时甚至会把活着的病人运走。据说这些脚夫会故意把患者的衣服丢在街上，促使疾病蔓延，因为这场瘟疫已经成了他们的摇钱树。

九

由于瘟疫肆虐，到处都是惨不忍睹的景象，家家都有死人或奄奄一息的病人，伦佐也未能逃过这悲惨的一幕。他一度也患上了瘟疫，但后来却痊愈了，因为他是一个身体强健的小伙子，从那以后他就再也不会被传染了。他觉得现在外面乱成这个样子，再也不会有人注意到他了，他想得没错，因为官员们还有很多别的事要考虑。于是，他决定返回米兰去找露琪亚，当然，他一直没有露琪亚的消息。

伦佐认为露琪亚会在普拉赛苔女士那里，就直接去了她家。有个人从窗子里没好气地告诉他露琪亚已经被送到隔离医院去了。当屋里的人看见他忧心忡忡，还要打听别的消息，并不断地敲打房门时，便大声喊叫起来："快来抓传播瘟疫的人啊！"那些日子里，人们都被吓坏了，我们应该理解，他们都变得像疯子一样。

伦佐摆脱了一群愤怒的人，他爬上一辆装满死尸的运尸车，车上的脚夫们正在狂饮。起先，这些脚夫还真以为伦佐是一个瘟疫的传播者，有人就是被他传上了瘟疫。后来他们发现，这只是一个不名一文的穷小子。

伦佐被这帮无赖无可奈何地放了，他终于找到了隔离医院，他在医院里东一头西一头地乱撞，心想，在这肮脏混乱的地方怎么才能找到露琪亚呢？她还活着吗？还是已经死了？

无巧不成书，他在一个小屋的门口遇见了克里司多福罗神父，伦巴第地区刚刚出现瘟疫疫情，神父就获得许可，回乡照料病人。伦佐一看便知，神父一直在拼命地工作，没有考虑个人安危，因为他的脸上已出现患病的迹象，病魔正在吞噬着他的生命。

自从克里司多福罗神父前往里米尼之后，就再也没有伦佐和露琪亚的消息了，而伦佐也不知道这段时间里露琪亚的遭遇。伦佐万念俱灰，他只是告诉神父，假如他再也见不到活着的露琪亚，那么"他非常清楚自己该做什么"。从他的目光中，神父知道伦佐仍然想着报复堂罗德里戈。伦佐表情严肃，几乎是怒火中烧，神父抓住了他的手臂，把他领进了小屋。

在屋子最里面，堂罗德里戈满脸脓包，奄奄一息，面容已难以辨认。

一天夜里，堂罗德里戈和朋友们一顿狂饮之后回到家中，发现身上长了一个可怕的脓包。由于害怕被送到隔离医院，他委托格里佐悄悄找一位合适的大夫来，并提醒这家伙要记住以前自己给他的所有好处。但是过了不久，家中却来了两名脚夫。这个格里佐可真是一个称职的仆人，他出卖了主人，正忙着撬开主人的抽屉，和那两个穿红色工作服的家伙瓜分主人的财产，他们把堂罗德里戈像死人一样抬了出去。顺便说一句，没过多久格里佐也一命呜呼了，因为他动了主人的衣服，拼命想在口袋里再找出些值钱的东西，但我们不用为他的命运多费口舌，因为这一切都是罪有应得。

克里司多福罗神父带伦佐看了堂罗德里戈，仿佛是想告诉他："你看，上帝没有等你下手就已经惩罚了这个恶人，不是吗？你就把愤怒和仇恨忘掉吧，你应该宽恕这个就要死去的人。"

　　伦佐宽恕了他。他终于从仇恨中解脱了（因为仇恨也是一种负担），他继续在隔离医院里寻找露琪亚。这时，又一个奇迹发生了！他在另一个小屋里找到了已经痊愈的露琪亚，她正在那里照顾另一个正在恢复中的女人。

　　看到伦佐，露琪亚喜出望外，但猛然又想起了自己的誓言，她退缩了。伦佐急得大声说，她没有权利发愿决定他们两人的命运。露琪亚绝望地说已经不可挽回，伦佐把她拉到克里司多福罗神父的小屋内，这位善良的嘉布遣会士向露琪亚解释说，伦佐虽然是个山里的粗人，但对于自己的爱情却非常明智，他已经懂得，"你不能代表别人发愿。你，露琪亚，当然可以决定自己永不嫁人，但必须事先征得伦佐的同意。总之，你没有权利独自替伦佐做出决定。因此，根据教会赋予我的权力，我作为神父，有权解除你的誓言。如果你愿意的话，可以向我提出申请。"

我猜，神父最后这句话是和露琪亚开了一个善意的玩笑，他是在故意问露琪亚："除了由于发愿的事以外，你还有其他的理由不和伦佐结婚吗？"虽然露琪亚是一个非常矜持的姑娘，腼腆得让人不相信她会表露出强烈的感情，但她还是毫不迟疑地说，她再没有别的理由了，说话间她的脸已羞得通红，人们一看就知道，能嫁给伦佐她死而无憾。

　　克里司多福罗神父告别了一对年轻人，他们俩都非常清楚，今生将无法再见到神父了。他们回到村里，与安妮丝夫人重逢。堂安保迪奥神父在为他们主持婚礼之前仍心有余悸，他不能确定堂罗德里戈是否真的死了，直到本地新的镇长上任之后他才彻底放心。这位新的镇长是个大好人，他为一对新婚夫妇准备了一桌特别丰盛的婚宴。

　　最后，伦佐、露琪亚和安妮丝夫人一起搬到了贝加莫，在那里伦佐慢慢有了一个完全属于自己的小缫丝厂，他和露琪亚也没有忘记为这个世界添上一群孩子，安妮丝的小外孙们每天都要在爸爸的面颊上留下亲吻的痕迹。

　　如果你们没有什么问题的话，故事到这里就结束了。或许你们有问题要问我这个讲故事的人，其实我也很想问那个给我讲了这个故事的人——小说作者曼佐尼先生，其实他也应该关注一下你们，因为你们读了我的故事，而且还没有厌烦。

尾 声

也许你们会问：这个故事的主旨是什么呢？虽然也有一些故事是没有主旨的，但像这样一个又长又复杂的故事至少也该有什么寓意吧，要知道，即便是那些篇幅很短的寓言故事，也会有个寓意。那么，为什么曼佐尼先生要给我们讲这样一件事呢？

回想一下他给我们讲的故事，好像曼佐尼先生是为穷人撑腰的，穷人总是成为不公正待遇的牺牲品；此外，他对坏人也绝不心慈手软。说到这里，我想你们中间就会有人喝倒彩了：那为什么占上风的总是堂罗德里戈呢？

直到故事快结束的时候，穷人们还都处于弱势。的确，红衣主教把露琪亚放在一位善良女士的家中，土匪无名氏还给了她一大笔嫁妆，但她却仍然不能回到自己的家乡，因为堂罗德里戈仍然在那里等着她，就像一只落在枝头的秃鹫在等着猎物；堂安保迪奥虽然遭到了红衣主教的训斥，但还是怕得要死；伦佐继续流亡威尼斯共和国；露琪亚仍然不能和他结婚。

总之，除了无名氏变成了好人以外，坏人都过得有滋有味，而好人、穷人连通过暴动改变现状的能力都没有。因为每次发生暴动，都会有几个不幸的人被绞死，而统治者却安然无恙。曼佐尼先生似乎非常热爱穷人，但他却不知道该怎样帮助他们争取权利。正是由于他本人是一个极其虔诚的天主教徒，人们才会说，他心中的道德标准就是一切要顺应天意，上帝自有安排。

　　最终，天意果然降临了，但却借用了瘟疫的形式。

　　这场瘟疫就像一把大扫帚，清除了一切污秽：它让堂罗德里戈和格里佐一命呜呼，让堂安保迪奥复归平静，让人们忘记暴动的事，这样就不会有人再为难伦佐，它还让伦佐与露琪亚劫后重逢。总之，一切皆大欢喜，但又代价惨重！这场天降的瘟疫让米兰三分之一的人丢掉性命，离开人世，当然也有升入天堂的，比如克里司多福罗神父和其他一些无辜的好人。虽然伦佐和露琪亚应该感谢这场瘟疫帮了他们的大忙，但他们也应该承认，天意有一种可怕的力量，从来不给任何人面子，通常把好人和坏人一起打击，让他们葬在同一片墓地中。

我相信曼佐尼先生不会希望天意如此凶残，但他的确不是一个乐观的人。他笃信天意，但也知道人世的艰难与残酷，只有天意可以造成或慰藉人们巨大的不安。然而，天意并不能让所有人都称心如意，它会按照自己的方案行事，我们将永远不能理解。

表面上，曼佐尼先生告诫我们要笃信天意，其实他只是想鼓励我们要有扶危济困的善良意愿，就像他小说里写的那些帮助弱者的人一样。你们看，他似乎是在告诉我们：世界并不完美，我也从未回避过任何关于丑陋、悲惨、痛苦或死亡之类的话题，但如果人们对自己的同类有一点怜悯之心，这个世界便会显得没那么丑恶，即便只能改变一点点也是好的。

这个故事只教了我们这些东西，其余的曼佐尼先生都没有说。也许正是出于这个原因，我才在故事的一开始就告诉你们，曼佐尼先生长着一张忧郁的马脸。

谨以此书献给皮耶特罗。

这个故事从何而来

　　有些成年人看见你们在读这个故事，就会让你们别再读下去，因为亚历山德罗·曼佐尼写的这本《约婚夫妇》实在无聊，既没意思又不好读。但你们别听他们的。很多人认为《约婚夫妇》没意思，是因为这本书是在他们十四五岁的时候被老师逼着在学校里读的，所有我们被迫做的事都是无聊之极的。我之所以给你们讲这个故事，是因为我爸爸以前曾经送给过我这本书，而我是饶有兴趣地把它读完的，就像读我的那些惊险小说一样。当然，这本书读起来有些吃力，一些描写稍微有点冗长，只有在读过两三遍之后才能品出它的味道，但我向你们保证，这是一本很有意思的书。我不知道现在的学校里还让不让你们读这本书，如果你们走运不用学习它的话，那么等你们长大了，应该主动拿来读读，因为这本书的确值得一读。

亚历山德罗·曼佐尼为了写这个故事花了二十年的时间。他是在1821年开始写的（你们想想，几乎二百年以前了），1840年完成。故事的第一版是1823年问世的，书名叫《费尔莫与露琪亚》。但曼佐尼对这个故事并不满意，于是便开始写这本小说，也就是1827年出版的《约婚夫妇》。小说获得了巨大成功，但曼佐尼却还是不满意。接着他又花了十来年的时间，终于在1840年到1842年之间出版了小说的终极版，这一版里有很多极为精美的插图，都是曼佐尼和插图画家戈宁一起一幅一幅商定的。

　　在这一版中，曼佐尼希望让小说语言尽善尽美，他借鉴了佛罗伦萨人讲的意大利语，为的是让所有意大利读者都读得更明白、更透彻，因为那时候意大利人说着各种不同的方言，而只有佛罗伦萨人讲的意大利语才能让大家都明白。曼佐尼说这一版的语言"已经在佛罗伦萨的阿尔诺河里漂洗过了"。

　　这一版的问世也是出于一些经济目的。在那个时代，人们还不知道著作权法是什么，而根据著作权法，谁要是写了一本书，是会受到合同保护的，每卖出一本书，这个作者至少能拿到码洋百分之十的版税。假如有人翻版了一部作品而没有告诉作者，也没有给作者一分钱的话，我们就说这是一个"海盗版"。

1827年的这一版获得了如此巨大的成功，以至于在第一年里就被盗版了八次，后来的十年里又被盗版了七十多次，就更不要说译成其他语言的版本了。你们想想，七十多个版本，一大堆读过这本书的人都说"这个曼佐尼真有两下子"，但是可怜的曼佐尼却连一分钱都没有拿到。

为此，曼佐尼赌气说："现在我要再做一个版本，每周出一个分册，再配上插图，让他们不能轻易复制，这下就可以杜绝盗版了！"

但实在没办法，那不勒斯的一个出版商几乎是同步出版了这些分册的海盗版，而同样是在那不勒斯，曼佐尼也印制了大量的新书，可他不但没挣到钱，反而赔上了大笔的印刷费。幸亏他的家境不错，虽然不是很富裕，却也不至于饿死。

曼佐尼在写小说之前曾经写过精美绝伦的诗歌和诗剧，那么他为什么又花了这么多时间来写这个似乎没什么意思的故事呢？只不过写了一对历尽艰辛希望结成眷属的情侣，最终他们摆脱困境了吗？为什么这个故事要发生在17世纪呢？不但离我们这样遥远，就是离当时的读者也有一个世纪的时间。要知道，曼佐尼不但是一位伟大的作家，还是一个杰出的爱国者，在那个年代，意大利还没有统一，他生活的伦巴第地区尚在奥地利人的统治之下。那时意大利正处于民族复兴运动时期，也就是意大利要统一成一个独立的国家，你们不是也听说现在意大利要庆祝统一一百五十周年吗？曼佐尼故事里的伦巴第地区处于外国人的统治之中（故事发生的时候统治者是西班牙人，而不是奥地利人），他这样安排就是想让读者感觉到小说里讲的故事与他们当时面临的处境非常相似。

这已经部分说明了这部小说成功的原因，但是人们还是搞不懂，为什么连外国人也喜欢这部小说？又是为什么在后来的日子里这个故事被翻拍成了电影、电视剧，甚至是动画片（比如《猫和老鼠》中的"约婚老鼠"）。这是因为小说不仅反映了历史，还讲述了感人的故事。

你们开始读这本小说的时候就会发现，曼佐尼佯称这个故事是从一个偶然发现的笔记本里照搬来的，很多小说家都会使用这种手法，以便给读者留下深刻的印象，让他们觉得这是一个真实的故事。但事实上，后来人们发现，小说中的许多人物都是真实存在的，不管是蒙札修道院的修女，还是占山为王的无名氏，抑或是红衣主教菲德里戈，等等。

总之，《约婚夫妇》这本小说在意大利读者心目中有着非常重要的地位，因为在以往的二百年中，意大利的长篇小说乏善可陈，而在法国、英国和德国却涌现出了传世佳作。由此看来，曼佐尼的《约婚夫妇》的确是意大利首屈一指的小说，它对所有后世作家都产生了巨大的影响，即便是那些认为它没意思的人。

翁贝托·埃科

留住故事

本书作者与出版单位

翁贝托·埃科在意大利很多大学任教，为他的学生们写了不少非常难懂的教科书，或许你们一本也没读过，但这也没什么大不了的。他还写了六本小说（其中最著名的是《玫瑰的名字》），他是全世界最著名的意大利作家之一。他获得过多个国家颁发的三十八个"荣誉学位"——也就是不用上学就可以凭幸拿到的学位，人们给他这些荣誉学位是因为喜欢读他写的东西。但是至今也没人读过他写的第一篇短篇小说，那是他十岁时写的。你们也来试着写上一篇吧。

马可·罗兰采蒂1970年出生在意大利马尔凯大区的塞尼加利亚城。他毕业后开始教书和做研究，不过慢慢他发现自己对读书和画画的兴趣越来越大。现在他生活在安科纳，边工作边学习。他还为这套系列的另一部作品《吉尔伽美什的故事》画了插图。

"留住故事"系列丛书就像一艘救生艇，专门拯救那些近千年来即将被历史长河淹没的文学故事。就像这本书一样，只要带有 ⬤ 标志，就说明这个故事已面临被遗忘的危机。

霍尔顿学院1994年诞生于意大利都灵，以"与众不同"为建院宗旨。这座学院就像一个到处都是房间、书籍和咖啡的家庭。在这里人们研究的东西叫"说书"，也就是用图书、电影、电视、戏剧、漫画等一切可以想到的表达方式来讲故事的诀窍，目前成果斐然。

共和国图书馆—艾斯布雷索出版社出版的书包罗万象，内容丰富多彩。日复一日，年复一年，这一书系已走入了意大利的千家万户。不计其数的小说、戏剧、散文和诗歌汇成了千百套形形色色的丛书赫然陈列在新老读者的书架之上。

留 住 故 事

《约婚夫妇的故事》
翁贝托·埃科

《唐璜的故事》
亚历山德罗·巴里科

《罪与罚的故事》
亚伯拉罕·B.约书亚

《大鼻子情圣的故事》
斯特凡诺·贝尼

《李尔王的故事》
梅拉妮亚·G.玛祖柯

《鼻子的故事》
安德烈·卡米雷里

《尼摩船长的故事》
戴夫·艾格斯

《吉尔伽美什的故事》
李翊云

《安提戈涅的故事》
阿莉·史密斯

《格列佛的故事》
乔纳森·科

文
景

Horizon

社 科 新 知　文 艺 新 潮

约婚夫妇的故事

[意大利] 翁贝托·埃科 讲述　[意大利] 马可·罗兰采蒂 插图　文铮 译

出 品 人：姚映然
责任编辑：李晓爽　王　玲
装帧设计：陆智昌
美术编辑：高　熹

出　　　品：北京世纪文景文化传播有限责任公司
　　　　　　（北京朝阳区东土城路8号林达大厦A座4A　100013）
出版发行：上海世纪出版股份有限公司
印　　　刷：北京汇瑞嘉合文化发展有限公司

开 本：850mm×1092mm　1 / 16
印 张：6.5　　插 页：2　　字 数：44,000
2016年6月第1版　　2016年6月第1次印刷
定 价：59.00元
ISBN：978-7-208-13779-0 / I·1528

图书在版编目（CIP）数据

约婚夫妇的故事 / （意）埃科（Eco,U.）讲述；
（意）罗兰采蒂（Lorenzetti,M.）插图；文铮译. —— 上
海：上海人民出版社，2016
（Save the Story）
书名原文：The Story of THE BETROTHED
ISBN 978-7-208-13779-0

Ⅰ.①约… Ⅱ.①埃…②罗…③文… Ⅲ.①儿童文
学－图画故事－意大利－现代 Ⅳ.①I546.85

中国版本图书馆CIP数据核字(2016)第096808号

本书如有印装错误，请致电本社更换　010-52187586